U0109835

金玉涼言

楊啟宗 著

序

這真是一個風風雨雨的年頭
賺錢，要加一點風險
花錢，要加一點風光
行為，要加一點風采
言語，要加一點風涼
因此把發表在《聯合報》「金玉涼言」版裡的作品
加上一些還沒發表的累集成冊，就是希望能夠分享
給喜歡風涼的朋友，其中有些說法，假如您認為
「似非而是」的，就當作人生的一個答案，有些認
為「似是而非」的，就當作人生的一個問題
年頭，雖然風風雨雨
還好，美麗的彩虹，總在風雨過後

目　錄

文明到哪裡
哪裡的世風就日下
繁華到哪裡
哪裡的人心就不古

輯一

紅塵男女篇

金玉涼言 *11*

從前女孩子嫁不出去
是因為自己的條件不好
現在嫁不出去
是因為別人的條件不好

女人外遇
都因丈夫不好
男人外遇
都因妻子太好

戀愛是一種享受

結婚是一種接受

婚後是一種忍受

男女婚前大都「性相近、習相遠」
婚後卻都「習相近、性相遠」

男人喜歡把公事
帶回家裡辦
女人喜歡把家事
帶到公司做

妻子嘮叨皆因
丈夫不做家事

丈夫嘮叨皆因
妻子做錯家事

男女因愛
甘願奔波「南北」
男女因恨
寧願各奔「東西」

所謂開門「妻」件事

就是柴、米、油、鹽、醬、醋、茶

難怪，天下無「男」事

結婚既然是「天作之合」
那麼離婚
不就是「人定勝天」

欠債的最怕
「他鄉遇故知」
騙婚的最怕
「洞房花燭夜」

戀愛分手

皆因

男人「食言」

女人「吃虧」

鍾情　只是一見
卻要一輩子去維持
激情　只是一時
卻要一輩子去後悔

女人難忘初戀情人
男人難忘外遇情婦

男女平等
吵得沒完沒了
但在交通紅燈前
男女就一律平等
還能吵什麼

和尚因為不生
所以不殺生
神父因為有愛
所以不作愛

相親，因外表條件結合
相處，因內在問題分開

男人置身「黑」道
就想「白」吃
女人身在「青」樓
就想要「紅」

「放水」都因人情
「放火」都因戀情
誰說水火無情？

貞操觀念

從前是為了「貞」

現在是為了「操」

愛
就像生命中的鹽
沒有它
生命就會索然無味

人生要東要西
最後只剩一條老命
人生愛來愛去
最後只需一個老伴

濃妝
是妻子改變不了丈夫
想改變自己
暴力
是丈夫改變不了自己
想改變妻子

旅遊時
女人注意「穿衣」的店
男人注意「脫衣」的店

太太對先生那個漂亮的女秘書
總是最敏感
而先生最敏感的
卻是住在隔壁的那個老王

老伴相處
依然眼裡出西施
因為「老花」

人盡可妻
是一種獸性
沒有愛情就沒有「性趣」
才是人性

所謂婚外情
就是「愛吾愛以及人之愛」
連帶「幼吾幼以及人之幼」

未婚生子，是因為
不想當「良母」
而想當「聖母」

白髮怕窮

紅顏怕老

從前
夫妻關係的「生離」很少
現在
夫妻關係的「死別」很少

紳士越老
越值錢
處女越老
越無價

愛情，就像電子零件

一故障，什麼都完了

有句話說

「禍從口出，病從口入」

那麼

車禍從哪裡出？

相思病從哪裡入？

夫婦相處　相敬比相信重要

獨處時　相信比相敬重要

戀愛發生在地獄
地獄也如天堂
失戀發生在天堂
天堂也如地獄

車子和妻子，都不肯借人使用

皆因「性」能上的顧忌

秀外的女人　怕歲月摧殘
慧中的女人　卻要歲月培養

修女　嚴以律己
妓女　寬以待人

49

偷情
就像香港腳
不捏，癢癢的
一捏，不是流血就是很痛

男人會替女人挾菜
都是新郎
女人會替男人倒茶
都是老妻

當太太對你「睜一隻眼、閉一隻眼」時
其實是已在「瞄準」你的越軌處

結婚最容易
因為不學就會
結婚最艱難
因為無校可學

成功的婚姻一定要兩個人都好
失敗的婚姻卻只要一個人不好

生孩子
雖然是女人的「專利」
卻是男人的「商標」

性慾
只在乎曾經擁有
性病
卻在乎天長地久

男女之間
發生不可「告」人之事
偏偏很多人
卻向法院一「告」再「告」

深情相愛
不是只想彼此能有多少的快樂
而是寧願接受彼此會有多少的不快樂

輯二 嘻笑政治篇

古今的帝王領袖
不外都是：
在生關心「地理」
死後擔心「歷史」

政黨政治就是
一旦行政上出了紕漏
執政黨必定「大驚小怪」
在野黨必定「小驚大怪」

騙子的虛偽　是真的
政客的誠實　是假的

為了少數人卻要大多數人
傷腦筋的是「治安」
為了大多數人卻要少數人
傷腦筋的是「環保」

想做武器的目的是因
「唯恐天下大亂」
作了武器之後卻
「唯恐天下不亂」

所謂「民意調查」
就是贊成建焚化爐者百分之百
反對建在自家附近者仍是百分之百

所謂政客
就是在地獄時一直想上天堂
上了天堂卻想把天堂變成地獄

「言論自由」，是一種保護人權
妨害人權，卻因「自由言論」

所謂的「拋磚引玉」
金光黨最喜歡借用這個方法
一些名人最喜歡借用這一句話

世界沒有「和平」
只有「和解」

企業家怕人家說他沒錢

政治家怕人家說他有錢

專制──
決而不議
民主──
議而不決

總統外交
雖然去過很多國家
卻什麼「地方」也沒去

「民意常在我心」
這句話往往是獨裁者說的

兩岸三通，說什麼要「戒急用忍」
其實，形勢比「忍」強

自己的錢　是財寶
別人的錢　是銅臭
政府給的錢　叫獎金
人民繳的錢　叫罰款

現在是一個「多元」社會
難怪選舉要用很「多元」

輯二　金玉涼言篇

「義」有兩種
一種是成仁取「義」
一種是斷章取「義」
前者有勇
後者有謀

「失足」只是千古恨
「失言」卻會萬古傳

做人最容易「得」的是「罪」

最容易「失」的是信

能容小人，便是大人
專迎大人，必是小人

容忍的人，吃虧的是現在
計較的人，吃虧的是未來

對別人的錯
總是先知先覺
對自己的錯
總是不知不覺

人有兩個自己
一個是肉慾的自己
一個是心靈的自己
兩個自己總是剪不斷，理還亂
所以有人說
最好的貴人是自己
最壞的敵人也是自己

人如失去錢財
失去了一點「東西」
人如失去健康
「東西南北」就全失去了

面對「利益」
就好像面對鏡子
只有看到「自己」

被人欠債
記得愈清楚愈擔心
記得愈迷糊愈清心

挫折，就像冬天

誰也無法讓它不來

只是別忘了「冬衣」

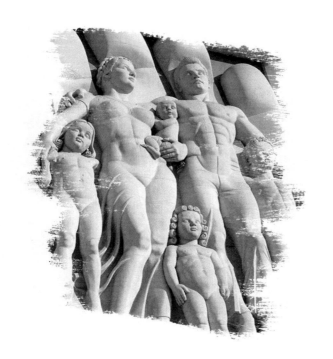

想不開，憂煩沒來，快樂已去
想開了，快樂沒到，憂煩就走

理想

可以日有所思　夜有所夢

現實

必須日出而作　日落而息

作事，「進一步」才能捷足先登
作人，「退一步」才能海闊天空

從前這是英雄　現在這是投機份子

喜歡「比上不足」的人會發財

喜歡「比下有餘」的人會發福

「成功」跟嬰兒的生命一樣
必須要有懷胎的過程
早產的成功
維護總是比較艱辛

把失敗的事當作看戲
把成功的事當作演戲
人生自然叫好也叫座

現代人買書的很多
看書的卻不多
因為買書只要有錢
看書卻要有心

榴槤之所以被稱為水果之王
不是它的外表，而是它的內在

甜美好吃的水果
都不是長在地價昂貴的土地上
如同真正的幸福
大都在平凡的生活中獲得

人的進步　要靠鼓勵
也要激勵
掌聲就是鼓勵
噓聲就是激勵

失望
莫過於想用金錢去買金錢買不到的東西
浪費
莫過於用青春去計較金錢可以買到的東西

旅行就像照鏡子
鏡裡看到自己
鏡外看到別人

成功時　能夠「漠然」
失敗時　能夠「淡然」
才是一個真正的「自然」人
也才能夠享受「自然」的人生

作事，不想失敗就是不作
但想成功，卻只有作

好逸　是時間的小偷
惡勞　是時間的強盜

省錢給子孫用的
謂之節儉
省錢給自己用的
謂之吝嗇

有錢的人沒有時間
有時間的人沒有錢
因此證明
「時間不是金錢」

錢之所以有用
是因為有人有錢
有人沒錢
一旦大家都有錢
錢就沒有用了

百億配當　表示賺錢成功
一毛不拔　表示用錢失敗

老鷹與雞都有翅膀
但卻一個能飛，一個不能飛
所以能飛不是翅膀
而是天賦

學費，只能幫你入學

卻無法幫你畢業

最簡單的事莫過於睡覺
因為不學就會
最不簡單的事莫過於失眠
因為數盡天下的羊也睡不著

喜歡自大自誇的人
仿如吹脹的氣球
受不了針頭輕輕一刺

成功的人說
我就是道理
失敗的人說
世界哪有道理

小事　用不著煩惱
大事　煩惱也沒用

　這樣可以長壽

生命就像一條河
河水如果沒有流動
生命就會污濁

剛硬的磚塊
還沒有經過火煉之前
原是軟土

人不到「絕境」

就沒有「絕招」

輯四 玩味人生篇

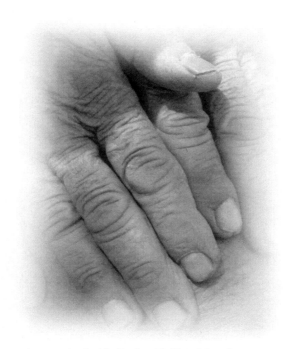

人生就像胡琴的兩根弦
有人可以拉出美妙的旋律
有人卻只能拉出兩個單音

人生要不斷的溝通
才能合群
戲卻要不斷的誤會
才有劇情
誰說人生如戲？

所謂親子教育，大都是
母親在教小孩子「說話」
父親在叫小孩子「閉嘴」
難怪「本土話」叫做「母語」

「人生七十才開始」
這句話安慰了老年人
卻耽誤了年輕人

年輕時

父母在哪裡　故鄉就在哪裡

年老時

子孫在哪裡　「故」鄉就在哪裡

人生沒有「如果」

人生只有「如此」

最美麗的謊言莫過於
對少年人說「回憶是甜蜜的」
對老年人說「明天會更好」

個性愈來愈「固」
骨頭愈來愈「鬆」
這就是「老」毛病

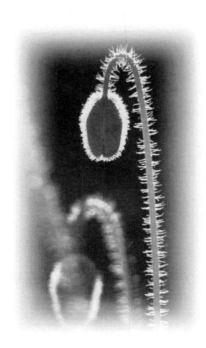

人生如以藝術效果而言
可稱為一場戲
但如以生命責任而言
卻不能兒戲

老年人感嘆
社會越來越吵鬧
家裡越來越孤寂

中年人感嘆
社會的前夫前妻越來越多
家裡的愛情親情越來越少

少年感嘆
學校越來越無趣
家庭越來越無聊

金玉涼言
133

家有一老如有一「寶」
台灣已是高齡化的社會
果然是名副其實的「寶」島了

感性的人，一生多煩惱
理性的人，卻寂寞一生

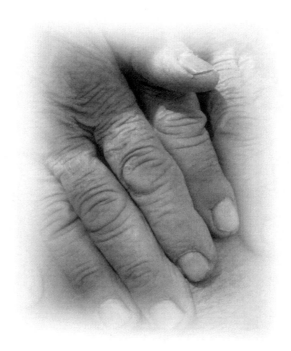

富裕　是年輕人的一種夢想
清貧　是老年人的一種覺醒

想要遠離物慾
想要親近心靈
總在「人生七十才開始」

昨天　是一場夢
今天　是一齣戲
明天　是一個謎
如此精采人生
　誰說無聊？

花開、花謝，對花樹來說
　　是一種過程
得意、挫折，對人生來說
　　是一種成長

一樣的樹苗
一株種在露天
一株種在花盆
成長的結果卻不一樣

「父母」親送兒女出國留學
莫不盼望兒女回來當他們的「父母」官

老伴　總是昨天比今天好看
兒子　總是昨天比今天聽話
孫子　總是昨天比今天可愛

所謂「生不帶來」

其實　生不就帶來一個臍帶嗎？

所謂「死不帶去」

其實　死不就帶去一條腰帶嗎？

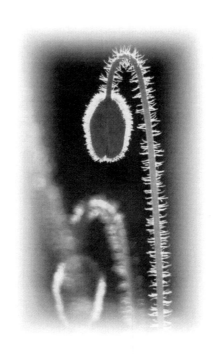

所謂宗教就是

親人去極樂世界

家人卻樂極生悲

天國與人間
最近的距離只有兩隻腳
一腳油門
一腳煞車

在人生的舞台上
「希望」扮演著白臉的角色
「失望」扮演著黑臉的角色
每個人就這樣看著它們
每天重複著演下去

幸福　就在家裡
快樂　就在心裡
健康　就在嘴裡
艷遇　就在夢裡
有人卻踏破鐵鞋無覓處
有人卻得來全不費工夫

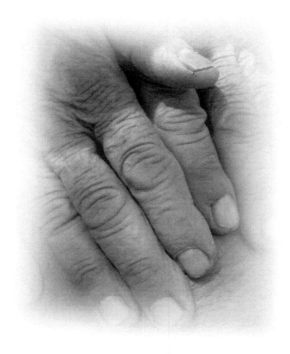

過去的人「養兒防老」
現在的人「養顏防老」
政客卻是「洗錢防老」

「任勞不任怨」的老闆
容易失敗
「任怨不任勞」的夥計
容易失業

人的喜新頂多卅天
所以新婚只有蜜月
人的忍耐頂多卅天
所以工作以月給為準

壓力與體力成反比
壓力與能力成正比

「戀愛」的苦最甜

「遣散費」的甜最苦

歲月無情，因為歲月不饒人
歲月有情，因為歲月讓台幣歷久常「新」

　錢　在生理上可以造成人的年輕

　在心理上卻可以造成人的衰老

輯五

側記社會篇

從前是「官大學問大」
現在是「錢多學問多」

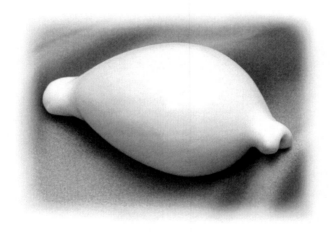

城市的人何必買車
因為「無路用」

「請勿停車」
因為開車的人老是看成
「車停勿請」
難怪此處都停滿了車

規模最大的「物以類聚」
莫過於過年時的高速公路塞車

假如吃水果要拜「樹頭」
那麼吃檳榔就要拜「土石流」了

氣象報告若不準
大家怪氣象局
氣象局只好怪老天
老天怪「誰」?(怪水)

老天難為
因為缺水
不管放晴或多雲未雨
都被認為「壞天氣」

人類破壞大自然
大自然只是受傷而已
大自然一向人類報復
人類就得毀滅

因科技效應
氣溫愈來愈「熱」
因功利效應
人情愈來愈「冷」

科技改變了「春夏秋冬」
功利改變了「禮義廉恥」

「貧賤不能移」
難怪移民都是有錢人

貧乏年代的應酬
怕「袋子」負擔不起
富裕時代的應酬
卻怕「肚子」負擔不起

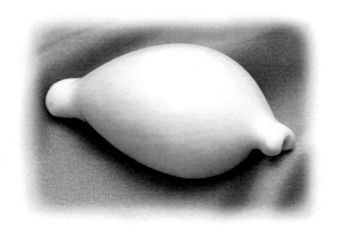

缺乏年代
羨慕人家「吃好」
富裕年代
羨慕人家「睡好」

治安好時
壞人躲避好人
治安壞時
好人躲避壞人

暴發戶的特性就是：
明明是「土」財主
偏偏自以為「士」

電話聊天
「費」話連篇

明星有兩種典型讓大家喜愛：
一種是長得比大家漂亮的
一種是長得比大家不漂亮的
前者是慕情、後者是同情

街頭藝人裝瘋賣傻
莫不為了博君一笑
自己卻是哭在心裡

所謂寫「真」集
大都「假」模樣

所謂渡「假」村
卻都「真」消費

自然有兩種
一是「天生自然」
一是「習慣成自然」

前者對美景有利
後者對觀光不利

科學發達
天有「很少」不測的風雲
世風日下
人有「很多」旦夕的禍福

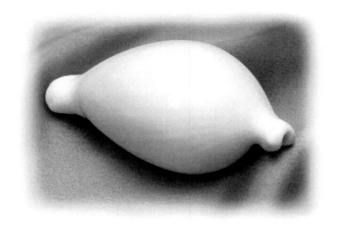

想要出名
從前　不是當大官就是作大事
如今　不是賺大錢就是花大錢

金玉涼言 179

「天生麗質」的人

不如「土生的田僑仔」有人緣

富人用的錢，都是「存款」
窮人用的錢，都是「貸款」

有錢人犯罪如可「易科罰金」
則將「得易忘刑」了

脫衣秀　人看人

魔術秀　人騙人

特技秀　人嚇人

山明水秀　人擠人

農業社會的時代
注重「人格」教育
工商社會時代
注重「價格」教育
但在道德淪落的時代
卻什麼教育都「格格」不入

牛對我們的耕讀貢獻真大
從前幫忙農民耕作
現在阿明賣牛肉麵說要辦大學
的確一隻牛剝雙層皮

有人說
牛牽到北京還是牛
這話只能相信一半
因為「印象‧劉三姐」的演出
牛牽到陽朔
牛成為藝人

（觀看「印象‧劉三姐」的演出有感）（註）

刷卡
真是「寅吃卯糧」

繁忙的時代

約會遲到

有時竟然是刻意想要「準時」的原因

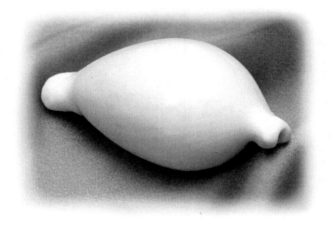

現代人都喜歡只要「富貴」不要「病」

老天總是兩樣一起給

189

大家喜歡到KTV唱情歌

因為唱的比說的好聽

咖啡館裡有兩種人
一種很悠閒的人搞得
另一種人很忙碌

這真是一個複雜的社會
然而，對付「複雜」
只有靠「簡單」

老闆把青春儲蓄在事業的結局
夥計把青春儲蓄在政府的勞保局

不仁有兩種人
一種是為富者
一種是麻木者
前者喜歡逃稅
後者喜歡欠稅

變化快速的年代
跟上步調的人
比跟不上步調的人
容易失眠

人　污染河川
魚　死不瞑目

對於「正常」感到無聊
對於「反常」感到有趣
這是一個「失常」的社會

國家圖書館出版品預行編目

金玉涼言 / 楊啟宗著. -- 一版. -- 臺北市：
　　秀威資訊科技, 2008. 09
　　　面；　公分. --(語言文學類 ; PG0201)
　　BOD版
　　ISBN 978-986-221-066-6(平裝)

　　856.8　　　　　　　　　　　　97015883

語言文學類　　PG0201

金玉涼言

作　　　者 / 楊啟宗
發　行　人 / 宋政坤
執 行 編 輯 / 黃姣潔
圖 文 排 版 / 黃小芸
封 面 設 計 / 李孟瑾
數 位 轉 譯 / 徐真玉　沈裕閔
圖 書 銷 售 / 林怡君
法 律 顧 問 / 毛國樑　律師
出 版 印 製 / 秀威資訊科技股份有限公司
　　　　　　台北市內湖區瑞光路583巷25號1樓
　　　　　　電話：02-2657-9211　　傳真：02-2657-9106
　　　　　　E-mail：service@showwe.com.tw
經　銷　商 / 紅螞蟻圖書有限公司
　　　　　　台北市內湖區舊宗路二段121巷28、32號4樓
　　　　　　電話：02-2795-3656　　傳真：02-2795-4100
　　　　　　http://www.e-redant.com

2008 年　12 月　BOD 二版
定價：240 元

讀 者 回 函 卡

感謝您購買本書，為提升服務品質，煩請填寫以下問卷，收到您的寶貴意見後，我們會仔細收藏記錄並回贈紀念品，謝謝！

1.您購買的書名：＿＿＿＿＿＿＿＿＿＿＿＿＿＿＿＿＿＿

2.您從何得知本書的消息？

　　□網路書店　　□部落格　　□資料庫搜尋　　□書訊　　□電子報　　□書店

　　□平面媒體　　□　朋友推薦　　□網站推薦　　□其他＿＿＿＿＿＿

3.您對本書的評價：(請填代號　1.非常滿意 2.滿意 3.尚可 4.再改進)

　　封面設計＿＿＿　版面編排＿＿＿　內容＿＿＿　文/譯筆＿＿＿　價格＿＿＿

4.讀完書後您覺得：

　　□很有收獲　　□有收獲　　□收獲不多　　□沒收獲

5.您會推薦本書給朋友嗎？

　　□會　　□不會，為什麼？＿＿＿＿＿＿＿＿＿＿＿＿＿＿＿＿＿＿

6.其他寶貴的意見：＿＿＿＿＿＿＿＿＿＿＿＿＿＿＿＿＿＿

＿＿＿＿＿＿＿＿＿＿＿＿＿＿＿＿＿＿＿＿＿＿＿＿＿＿＿＿

＿＿＿＿＿＿＿＿＿＿＿＿＿＿＿＿＿＿＿＿＿＿＿＿＿＿＿＿

＿＿＿＿＿＿＿＿＿＿＿＿＿＿＿＿＿＿＿＿＿＿＿＿＿＿＿＿

讀者基本資料

姓名：＿＿＿＿＿＿＿＿＿＿　年齡：＿＿＿＿　性別：□女 □男

聯絡電話：＿＿＿＿＿＿＿＿　E-mail：＿＿＿＿＿＿＿＿＿＿

地址：＿＿＿＿＿＿＿＿＿＿＿＿＿＿＿＿＿＿＿＿＿＿＿＿＿

學歷：□高中(含)以下　　□高中　　□專科學校　　□大學

　　　□研究所(含)以上 □其他＿＿＿＿＿＿＿＿

職業：□製造業 □金融業 □資訊業 □軍警 □傳播業 □自由業

　　　□服務業 □公務員 □教職　　□學生 □其他＿＿＿＿＿

To：114

台北市內湖區瑞光路 583 巷 25 號 1 樓

秀威資訊科技股份有限公司　　　收

寄件人姓名：

寄件人地址：□□□

(請沿線對摺寄回,謝謝!)

秀威與 BOD

BOD（Books On Demand）是數位出版的大趨勢，秀威資訊率先運用 POD 數位印刷設備來生產書籍，並提供作者全程數位出版服務，致使書籍產銷零庫存，知識傳承不絕版，目前已開闢以下書系：

一、BOD 學術著作—專業論述的閱讀延伸
二、BOD 個人著作—分享生命的心路歷程
三、BOD 旅遊著作—個人深度旅遊文學創作
四、BOD 大陸學者—大陸專業學者學術出版
五、POD 獨家經銷—數位產製的代發行書籍

BOD 秀威網路書店：www.showwe.com.tw
政府出版品網路書店：www.govbooks.com.tw

永不絕版的故事・自己寫・永不休止的音符・自己唱